念力レストラン

笹 公人

PSYCHOKINESIS RESTAURANT

いらっしゃいませ
念力レストランへようこそ

おっと、まずは私めの自己紹介から。

私は念力レストランのシェフでございます。名前は……あえて申し上げますまい。笹公人作品の念力が生み出したという意味では、「念力家族」の一員とも申せましょう。笹氏の異様な短歌世界の中で生まれ、様々な作品で「味付け」を担当しております。

笹氏を昔から知る者ということで、当レストランのメニュー解説を仰せつかりました。

さて、本日のメニューは、笹氏の短歌、エッセイ、パロディ掌篇小説という念力料理のコースとなっております。

主に新聞、雑誌、結社誌に発表した短歌二五〇首と日本経済新聞「プロムナード」の連載に発表したエッセイ、二〇〇五年に出版されたバラエティ作品集『念力姫』で好評を博した予備校合格体験記パロディの（まさかの）続編から構成されています。

本コースメニューの特色のひとつは、時間をかけて煮込んだ濃厚な短歌。その合間に、彩り豊かであっさりとしたサラダのような短歌も味わっていただけることでしょう。

コース後半に提供しますエッセイ十二本は、打って変わって真面目で滋味深い精進料理を意識しました。

お客様は、笹氏の多重人格を疑う向きもあるやもしれません。

フォーッフォッフォッ

二年間にわたる浪人時代の鬱屈を思い出しながらひとりコツコツ書き溜めたという掌篇小説・合格体験記パロディの三篇は、本コース料理最大の珍味でございます。

この奇妙奇天烈な世界観、カラスミのごとく病みつきになること請け合いでございます。

誰にも頼まれずに、こんなものを書き溜めていた笹氏の謎の情熱が空恐ろしくもあります。

こんなもの書いてる暇があったら「万葉集の勉強でもせい！」と言いたくなるのも人情でございましょう。

フォーッフォッフォッ

ちなみに私、藤子不二雄A先生の某有名キャラクターの笑い声を意識していないといえば嘘になるかもしれません。

フォーッフォッフォッ

そういえば、本コースメニューの短歌には、漫画のようなキャラクターがたくさん出てまいります。

アメリカからホームステイに来た悪魔のような美少女・エミリー、鬱屈した童貞連盟のメンバー、催眠術を悪用するあやしげな老師、自衛隊まで出動させる最凶コックリさん、誰も知らぬ間に定年を迎えたふるさと刑事《デカ》……

キャラクターを漫画化して全員集合させたら、そうとうアクが強そうですな。

フォーッフォッフォッ

なお、当レストランでは、ソーシャル・ディスタンスも手洗いの必要もございません。ましてや体中に塩を塗れなどという宮沢賢治的な注文もございません。
笹氏の念力が「密」に詰まったスペシャル料理、どうぞご堪能くださいませ。
フォーッフォーッフォッ……

念力レストラン　シェフより

念力レストラン

目次

Ⅰ

III

Ⅲ

念力レストラン

PSYCHOKINESIS RESTAURANT

笹 公人

装　画　森泉岳士
デザイン　駒井和彬（こまゐ図考室）

I

パスワード

もし君がキエーーと奇声あげながらヤシの実割ったとしても　好きだよ。

ぐらぐらとスワンボートを漕ぎゆけりアマゾンに似た井の頭池

忠敬《ただたか》の測量のごと正確に君との距離をかんじていたり

井の頭の池干上がれば見えるだろうカミツキガメと錆びた自転車

愛犬の死の記憶さえ浮かばせて笑いこらえるポエムリーディング

ガム風船の薄膜のなかに閉じ込めたあの夏の君がふいに弾ける

ドリンクバーのコーラは薄し　恋人が気になる男の話をしだす

東映のオープニングで波かぶるあの岩がある海にいきたい

土産屋の少女から聞いた海電車ひねもす待てども来ず星の夜

ころころと笑えるでしょう水着から塩素の匂い抜ける頃には

「ゆるす」というたった3文字のパスワード忘れていたね　朝焼けの窓

冬のモアイ

―俵万智パスティーシュ―

さそわれて昼の画廊に立ち寄ればらっせんらっせんイルカが笑う

元カレと元カノのまま行く道は曲がりくねって通りゃんせ、君

子はムーミン母はセサミン好む冬　商店街に響くユーミン

「ただいま」も言わず肉まんほおばって1UPする我が家のマリオ

ゆうやみのモアイの視線の先追えば異星から来た二人と思う

日本ゲーム昔話

ドラクエの町の民家のタンスからパラゾール二個出でにけるかも

ダンジョンを彷徨う息子の部屋のまえ空の食器を下げに来る母

村人Aの話を聞きに戻らねば8ビット《エイト》の砂漠を越えて
割り箸の袋に書いた復活の呪文がすべてだったあのころ
二十年ぶりに興じるドラクエの画像のスライム溶けかけており

自由度の高いゲームと言われても王様のまえに剣は空振る

ゴブリンを５匹たおしてむなしいねゴブリンは魔界のエキストラ

リアルなら異臭で死ぬと思いつつゾンビの住処を腹這いでゆく

廃寺でリアルポケモンゲットして霊障人生歩むひとびと

スマホ撫でつつ水木ロードを歩みゆけば仏頂面の水木妖怪

見渡せばレアポケモンもなかりけり　裏の母屋に婆さんひとり

心霊レストラン

食べるのか食べられるのか蔦の絡む古民家風のレストランなり

だれが注文するのだろうか賞味期限昭和五十七年の「マダムヤン」

オムライスのケチャップ文字に曾祖母の名前が書かれているはなにゆえ

座敷童子にぶどう味のグミ食わせれば吐き出しており畳の上に

怪談を欲しがる少女に食べさせる人面石で焼いたビビンバ

怪談を欲しがる少女に食べさせるヤクザの小指沈むラーメン

おむすびはピラミッドなり中心の梅干しの炉のあかく灯りて

塩むすびむさぼる蜂須賀小六公に「おいしく食べたで賞」をあげたい

帽子つきの団栗ごろごろ混じりいる縄文シチューは土器にたゆたう

高野山奥の院に座す空海に運ばれる膳にカレーはなかろう

米軍の払い下げの肉焼いていた闇市の女《スケ》が厨房に浮く

「米軍の残飯シチュー復刻版」頼めば酸っぱい匂い漂う

残飯のシチューにちらつく赤色はラッキーストライクの包装紙

泥団子をおはぎに変えた山伏が町を去りたる昭和五十七年、冬

なつかしい悪夢食べ終えススキ揺れるレストラン跡に立ちつくすわれ

一本のニンジン　―寺山修司パスティーシュ―

陽だまりに拾う手毬の赤ければ座敷童子よおとうととなれ

囲炉裏火にかつて火傷せし大叔父が低く諳んじる「かちかち山」

学帽這う髪切虫を払いのけ仏壇屋まで駆けてゆくなり

尿療法の父の湯呑を叩きつけ十四歳の夏終らしむ

わが売りし橋本マナミの写真集にＤＮＡは乾からびていん

いっぽんでもニンジン歌いしなぎら氏のニンジン御殿も冬のまぼろし

文豪のいる風景

推理作家のレンズ光れり「日本夜光」「ラジウム２２６」なる文字の並べば

行方不明の風船男の風船の中に江戸川乱歩一冊

秋の日の坂口安吾の万年床《まんねんどこ》に陰毛何本落ちていたのか

宿にある太宰の文庫めくるときヌード写真がすべり落ちたり

入道雲を巨人に見立てる詩人いてさらわれにけりその白き手に

みずからの異臭と気づかずバーを出る金田一耕助の八月

鞘鳴りの音《ね》にふりむけば花の森　三島に降りる武士の魂

ＴＯＫＹＯ八景

ベートーベンに歌詞つけた曲流しながら風俗バイトの宣伝車ゆく

悪相のヤンキーの視線逸らしつつ深夜デニーズで食むハンバーグ

聖子ちゃんカットの群れが両手上げ天《そら》にのぼってゆく原宿駅

お花見の桜木を抱いて叫んでる新入社員は四月の蝉か

ワンマン社長が付けたんだろッ居酒屋のダジャレのメニューに苛立っている

どや顔の川田部長の説教にときどき混じる松下語録

オロナミンCのキャップが親指に噛みついたまま乗り込む電車

遅刻しても涼しい君よ　空焚きの浴槽のごとくわれは怒れり

ヨックモック食べたい欲を鎮めつつ応接室に背筋伸ばせり

国鉄と言った貴女《あなた》は霊なのかそのパンタロンの白のまぶしさ

夕闇の上野駅で泣く座敷童子に仁丹一粒やれば消えたり

引き剥がせ、新幹線よ　東京の景色も未練も不成仏霊も

キャバ嬢からの電話を切りぬ　火渡りを終えきし行者の清しさを以て

ラーメン屋の「漫画ゴラク」の表紙ほどギラギラしてたあの日の専務

草食男子の精子のごとく僅かなり百円ショップの修正液は

前世より来世が近い歳となり本醸造をホッピーで割る

「ポイントカード貯めますか」「貯めます」ファイナルアンサーのごとく答えり

アレクサよ寡黙な秘書よお互いに枯れ草となるまで共に生きよう

「ＯＫ、グーグル、この部屋には誰がいる？」「アナタト地縛霊ノフタリデス」

なんとなく、スピリチュアル

救心に思念を込めてたらちねの母に献上する夏の庭

古書店に『脳内革命』積まれおり革命未遂者の指紋のこして

宇宙人を匿っている農家から夜ごと放たれる青い電磁波

ソビエトよ合衆国よ　あわれあわれ月面で干すパンツは揺れぬ

キリストの肖像描く蟻の群れ　滅びるならばそう言ってくれ

しろたえのモンシロチョウよ無礼ぞよ　アジナーチャクラの位置にとまるな

おまえごときに私を模写する資格はないとモナリザ様に告げられており

「銀だらの西京焼き」なる文字見ればファミレスに燃え落ちる朱雀門

「カーネルはどこだ」と叫ぶ道頓堀の泥濘《ぬかるみ》に棲む人体模型

掘り炬燵の赤きランプを見つめおり北京原人の子供のごとく

アレクサに愚痴をこぼせばアマゾンの履歴に残される地獄言葉

宇宙人のアブダクションから帰還せばモニカと名乗る可児市の久代

第二回四次元美人コンテスト準優勝という兄の元カノ

『電池太郎』という絵本はないかと全国の図書館訪ねる爺《じじい》になりたい

五月闇に「ムー」を小脇に立ち尽くす。これでよかったのか俺の人生

アセンションの本をならべて気づきたり銀河バックの表紙多きを

目つむれば鑑真のいびき聞こえ来る唐招提寺の桜の下に

夢日記一年書いて狂いたり二十歳の夏の螺旋階段

鎌倉の浜辺でいまも寄せ返す波を見てるか小桜姫よ

前方後円墳型のゼリー食《は》めば濃《こ》緑《みどり》色に染まりゆく舌

てのひらのくぼみにシャンプー垂らすとき昨日と今日が入れ替わるのだ

奇妙な放課後

校門の前によくいた自然石を手刀で割れる爺《じじい》のその後

歴代の校長の霊が議論する声きこえくる夜の旧校舎

校廊で耳を澄ませば聞こえくる復員兵の義足の足音

タケニグサがクラスメイトに見えるまで或る一点を見つめていたり

一角獣に刺された傷を見せながら焼酎呷る高千穂の爺

高千穂の闇にほろほろ浮かびおる尻尾のついた電子炊飯ジャー

狐憑きの少女叫べば向こう岸に浮かぶ入道雲に穴あく

お地蔵が二体埋まった冬の田に赤いドローン墜ちてゆきます

前《さき》の世に愛でたる土が信楽焼《しがらき》の狸に化けてわれに腹見す

殴ってもすり抜けちゃうよホログラフで喋る未来のユーチューバーは

こっそりと「ムー」読む君を見つめてるＵＦＯ・河童・ツチノコ・天使

ツチノコの逃げこむ穴がまたひとつ増えてかがやく夏のふるさと

またしても八代の亜紀の言霊が大雨降らす県民ホール

崖際でぎりぎり止まったバスの上《え》の空にひろがる原節子の笑み

森の中にいびつな盛土《もりど》聳えればトトロの墓と思い拝みぬ

泥団子じゃんじゃん降らし山伏は四月の村をモノクロにする

怪談が浮遊霊を呼ぶ2時間目　校庭はぎこちなく雨を溜めている

そうこれはだいだらぼっちが黒い海に民家をつぎつぎ投げ入れる音

濡れた山はだいだらぼっちの糞なのか糞なのか否また日が暮れて

髪の毛がバサリ、バサリ、と降ってくる廊下をひとり歩みゆく夜

またひとり減りゆく戦友会の夜の料亭に降る滝廉太郎

桃太郎を朗読してたインコ逝き鳥籠に冷えているきびだんご

ハンドルカバーつけて自転車走らせる辻斬りの噂たつ宵なれば

無限コックリさん

コックリさんが帰ってくれない放課後の夕陽に咲いている少女たち

コックリさんが帰ってくれない放課後のま・だ・あ・そ・ぼ・うと動く十円

むらさきの夕焼けせまる教室の窓ガラスに鏬走りまくるも

コックリさんが帰ってくれない教室のスピーカーから流れる軍歌

コックリさんが帰ってくれない放課後のゆうぐれの窓をよぎる零戦

黒板につぎつぎ浮かぶ白文字は戦没兵士のみじかき戒名

ガラララと十円玉の雨がふる狐狗狸に支配された教室

コックリとの交渉つづき十円玉の鳳凰堂を濡らす汗水

コックリの不機嫌なれば左手でメール早打つ「おいなり至急」

コックリさんの見えない指に操られ教室を飛び回る十円玉

コックリさんが帰ってくれない放課後の窓に近づく自衛隊のヘリ

ホームステイ　エミリー

クチャクチャとガム噛みながらアメリカ人ホームステイの名前はエミリー

エミリーのブロンドなびく夕まぐれ鼻毛の手入れをはじめる父、兄

ケチャップで666を書きなぐり優雅にオムレツ食すエミリー

エミリーの上がりし風呂場に来てみればジャグジーの泡床を覆いつ

咎めればシャラップ!!と二度叫びつつダダンダ音立て階段のぼる

エミリーの中指に銀のドクロあり天使の指輪だったはずだが

血のついたチェスの牡馬にぎりしめ窓から煙を見てるエミリー

三回もジャップと言ったね絨毯にジェリービーンズ散らかしながら

容赦なくゴキブリ潰すエミリーはスリッパの裏を拭いたりしない

ノックしてドアを開ければ魔法陣に胡坐をかいて睨むエミリー

関ジャニのポスター剥がせば角生やすサタンの肖像くろぐろ臭う

居間に座す人形の目がキョロキョロとうごきエミリーが監視している

八月のメデューサとして触れた人の心を石に変えるエミリー

夜よりも黒き想念ただよえば二日で枯れるパキラの葉っぱ

水道の蛇口ひねればジュルジュルと血の流れ出る黒魔術の夜

氷上の陰陽師

目元涼しき陰陽師なりプーさんを式神にして氷上を舞う

4回転ジャンプを決める羽生くんの額に浮かんでいた五芒星

「滑りきった！」「見事な滑り」テレビの音に耳をふさいだ受験生たち

選ばれし神の子それぞれ勝利する畳の上と氷の上で

海外の記者もネットもこんがらがる羽生《はぶ》と羽生《はにゅう》と羽生《はにゅう》と羽生《はぶ》と

アイドル幻想

嵐ドーム公演中に掲げても誰も気づかぬ厄除けうちわ

嘘だろッ　ＳＰ盤に付いている松竹歌劇団握手券

ＡＫＢ１００周年ライブ

歴代のセンターの遺影に囲まれてきらめくＡＫＢ１００周年ライブ

スクリーンの霊界テレビに歌い踊る初期メンバーの平成メドレー

マーメイドの貝のビキニに手をのばし岩にされたる夏の大叔父

人食いザメ物語

人食いザメの腹を捌けばあらわれる水曜スペシャルの青い半袖

人食いザメの腹を捌けばあらわれる二十七歳のスピルバーグ

人食いザメの腹を捌けばあらわれる尾崎豊が盗んだバイク

人食いザメの腹を捌けばあらわれるシールを抜かれたビックリマンチョコ

人食いザメの腹を捌けばあらわれる半身溶けているムツゴロウ

人食いザメの腹を捌けばあらわれるβ《ベータ》ビデオの「刑事物語」

人食いザメの腹を捌けばあらわれるAKBのCDケース

あやしげな老師

あやしげな老師に催眠かけられて「ジュリアナ東京〜!!」と叫ぶ電車内

あやしげな老師に催眠かけられてジョッキで尿を飲むビアホール

あやしげな老師に催眠かけられてワイングラスで飲む養命酒

あやしげな老師に催眠かけられてピエロメイクで通うハローワーク

あやしげな老師に催眠かけられてツイッターに書く「イマジン」和訳

あやしげな老師に催眠かけられて新風舎に送りつける「生い立ちの記」

生涯不犯宣言

絨毯に脛毛散らして語り合う「童貞連盟」結成パーティー

「サザエさん」の主題歌よりも重たきか国生さゆりの「バレンタイン・キッス」

バレンタイン廃止を叫ぶ男らのカバンに冷える母の義理チョコ

生・老・病・死　そしてもひとつ童貞も苦に加えよと兄がのたまう

生涯不犯の誓願立てしと言い切りし兄の本棚に『上杉謙信』

魂のチャレンジャーきどり酔いしれる生涯不犯を語るときの兄

童貞力極まりて兄は透視するポスターの美女の白き裸身を

どうせなら清い童貞でいたいよと賢治の詩集朗読する兄

外浦の海を静かに眠らせる童貞の吹くオカリナの音

百日紅は女の肌よと吟じつつ五十《ごじゅう》歳童貞吉田は酔えり

「黄桜の女河童がブラジャーをつけたら逆にエロくないすか？」

卍問答

「アントニオ猪木が試合した場所？」と地図帳の卍を指して問うた日

ワイルドとはT・J・シンのサーベルに生肉刺して炙り喰うこと

逆賊という語聞くたび浮かびくる上田馬之助のまだら金髪

ブッチャーとシンに挟まれ立ち尽くす花束嬢のような心地ぞ

ニワトリを二十羽喰らうカルホーンのオーバーオールに滲む牧歌よ

平成さくらももこ絵巻

モーレツの昭和を少女の記憶にて解毒したのかちびまる子ちゃん

さくら家のチャンネル式のテレビには「ローラ！」と叫ぶ西城秀樹

友蔵の心の俳句に季語なくてもやもやしてた俳人の友

さくらさん逝きてピーヒャラピーヒャラと平成最後の夏が終わりぬ

脳内にキートン山田のツッコミを聴きつつ生きる平成以後も

ノストラダムス以降を生きるぼくたちの世界はかがやいていますか？　まる子よ

平成さよならクロニクル

１９９５年　阪神・淡路大震災

高速道路うねうね倒れ目に見えぬ巨人の所業に震えたる朝

オウム真理教事件

「尊師ってすげえんだぜ」と言い残し行方不明となりし坂田よ

平成の漢字のなかに棒四つその一本にイチローのバット

2011年　東日本大震災

カリフォルニア海岸めざし一軒がオシラサマごと流されており

セシウムの混ざる土壌にしろがねのタイムカプセル深く埋《うず》まる

２０１２年　山中伸弥教授ノーベル生理学・医学賞受賞

「そろそろあれを教えてやるか」と神々が山中教授の頭上《うえ》でつぶやく

小宇宙空間スマホを握りしめどどドラえもんに一歩ちかづく

２０１６年　ＳＭＡＰ解散

ＳＭＡＰを失う冬もパソコンにいまだ変換されぬ「彅」の字

SMAPを冬に失くしたユーたちが新しい地図を手にした真夏

He is gone.

ミスタービーンの監獄ロケと見紛われ悲劇と喜劇は裏表なり

日産の底力かなゴーン氏の大暴走を止めたブレーキ

コストカットに消えたるもののひとつにてやくみつる氏の社内誌4コマ

拘置所で家畜の餌を食わされたと大統領に報告するのか

言霊に諸行無常の響き持つゴーン氏の聴く除夜の鐘の音

死神の舌だったのかゴーン氏が夫人と歩みし赤絨毯は

ゴーンの大脱出

除夜の鐘鳴る直前にgone せし彼の名が持つ言霊力よ

映画化の際に演じるゴーン役はアトキンソン氏以外ではならぬ

黒い箱に隠れて除夜に鳴り響く彼はたしかに音響機器なり

これまでにコントラバスで運ばれた死体の数を思う大晦日

箱のなかで大人用オムツを履いてたか検索しまくって過ぎた三が日

猿の惑星大脱出の面持ちでワインをまわすゴーンの正月

567《コロナ》の世界

武漢病院阿鼻叫喚の映像に「復活の日」を思い出したり

退避した部屋で思わず見てしまう「復活の日」はシャレにならない

メルカリは白い悪意に包まれてマスク1箱1万円也

日本人を「コロナウイルス」と指さして警告うながす欧米紳士

武漢病毒研究所から洩れしという噂広まるウイルスより早く

新型ウイルス見えるメガネの設計図どこかにないかニコラ・テスラよ

咳すれば人波左右に割れてゆきモーゼのように歩みゆくわれ

飲み会を終えて居酒屋出るときに防護服着た集団がくる

テレワーク意外といける画面隅に子供や猫がよこぎるもよし

失った仕事のギャラを数えつつジャキジャキうるさいパチンコ屋過ぎる

関節でエレベーターのボタン押す所作が主流となるか日本

567と書いてミロクぞ　資本主義をついに終わらすミクロなウイルス

ふるさと刑事《デカ》

仕事終えしみじみ一服する刑事《デカ》の財布に冷えるかつ丼のレシート

三億円白バイ警官モンタージュに似てるおとこが握る大トロ

にぎやかな闇かき混ぜて遥かなれ昭和を走るトラック野郎

温泉街のネオンを五十二年浴びたヌードトランプついに捨てられる

元刑事《デカ》の走馬燈にも浮かぶだろう平場のシゲとデパ地下の房子

足の爪切り終えひとつミッションを遂げた気するなどと言ってくれるな

ふるさとの童謡低く唄いつつ容疑者吐かせる技も忘れて

A MOVIE　―大林宣彦監督に捧ぐ―

「HOUSE ハウス」（1977年）

お嬢さん、気をつけなさい　お屋敷の門から伸びる真っ赤な舌に

血の海をうっとり眺める花嫁にたった一つの約束がある

「金田一耕助の冒険」（1979年）

「金田一耕助の冒険」撮り終えしのちひとり笑いする大林監督

「転校生」（1982年）

見つめあいながら転がる石段にあいつとおれの夏まきもどす

8ミリのカメラに手をふる一美《おれ》がいたモノクロームのあの夏の日の

「時をかける少女」（1983年）

土曜日の実験室のフラスコに未来の愛がけむりていたり

町はいま既視感《デジャ・ヴュ》の火事のほの明かり　だれもかれもが顔をなくして

ラベンダーの香りの君を抱きとめる時の波間に呑まれぬように

実験室をのぞく少女にはらはらと輝く時間《とき》のまためぐり来る

陽だまりの春の廊下でふりむけばタイム・リープの少女に逢える

「さびしんぼう」（1985年）

黄昏の坂道くだる　記憶というフィルムにきみを焼きつけながら

ひとがひとを恋うるさびしさ　鍵盤に涙の粒はぽろぽろおちて

「異人たちとの夏」（１９８８年）

もういちど甘えたかった　すき焼の湯気で見えないお父さん、お母さん

「その日のまえに」（２００８年）

ひこうき雲二本引きたるえんぴつにとし子の指紋やさしく残る

瓶入りのぬるいファンタを飲み干せば大林色の夕焼けのなか

どこからかチェロの音《ね》ひびく夕まぐれ　やさしい死者に「おかえり」と言う

「花筐／HANAGATAMI」（2017年）

満月の迫れる部屋で接吻《キス》すればいのちの蝋燭燃え上がりけり

命さえ儘ならぬ世の僕たちが制服《ふく》を脱ぎ捨て駆けた夜の浜

A　MOVIEとはすなわち大林監督の美《は》しき心を映したフィルム

監督が見ていた窓はスクリーン　「カット！」の声に桜かがやく

平和のバトン受け継ぎますと言い切れば尾道の海きらめきやまず

II

オリオンラジオの夜

私の短歌は、時々「日常に潜む異界」というキーワードで語られる。実は、それにはマンガ家・諸星大二郎先生の影響が大きい。知らない路地のむこうに異世界がひろがっているのではないかという妄想癖を助長させたのは、間違いなく諸星先生の作品だ。

先生の作品は、伝奇、ホラー、SF、ファンタジー、コメディなど多岐にわたる。『暗黒神話』『マッドメン』『妖怪ハンター』『孔子暗黒伝』『西遊妖猿伝』『栞《しおり》と紙魚子《しみこ》』『子供の王国』などなど、どの作品にも、古代神話、伝説、古代史、宗教、中国説話、民俗学などの深く広い知識をベースに、現代文明への鋭い風刺と文字通り奇想天外なアイデアが展開されている。先生はマンガというジャンルを超えた稀代《きたい》のストーリーテラーにして、読者に深い示唆を与える現代の「寓話《ぐうわ》」作家でもあると思う。

その諸星先生の知遇を得たのは、十五年前。以来、諸星先生と同じコミック誌「ネムキ」で連載していたご縁もあって、直木賞作家・朱川湊人さんと私の共著『遊星ハグルマ装置』の表紙絵をお願いしたりと何かとお世話になっており、今では私の歌集をお贈りしたり、お手紙のやりとりをさせてもらっている。

そうした中、子供の頃から敬愛する諸星先生から、私の短歌に触発された作品を連載する予定だというお手紙を頂いたのは二〇一七年のこと。私の短歌が、あの巨匠にインスピレーションを与えたというのがにわかには信じがたく、しかも、お手紙には「笹さんのクレジットを記した方がいいですか」とまで書かれてある。

諸星先生の謙虚さと思いやりに感動したものの、お言葉に甘えるのは図々《ずうずう》しい。「私のクレジットなんて滅相《めっそう》もないことです。私の方こそ、自分の短歌の五分の一くらいは、《諸星先生の作品に触発されて作りました》という詞書を入れなくてはいけないくらいです」とお返事申し上げた。

その作品、「ビッグコミック」で連載されていた「オリオンラジオの夜」は、六話の短編のシリーズだ。冬の晴れた夜にしか聴けない謎の放送オリオンラジオからは、聴いたことのない未来や過去の洋楽が流れたり、大事な人からの時空を越えたメッセージが楽曲を通じて届いたりする。

「サウンド・オブ・サイレンス」「ホテル・カリフォルニア」「悲しき天使」といった主に六〇年代から七〇年代のポップスがモチーフとなった、不思議かつノスタルジックな雰囲気の漂う傑作である。

その後、単行本化された本書を諸星先生からご恵送頂いたのだが、あとがきを見て驚いた。なんと、拙歌の「異次元ラジオ」という言葉がきっかけで、不思議なラジオ放送の話を思いついたと書かれてあるではないか！　ご辞退申し上げたのに、ご厚意で私の歌まで載せて下さったのである。

感激しきりだったが、あらためて読み返し、ふと思った。無意識のうちに、私の「異次元ラジオ」の歌もどこかで先生にインスパイアされた歌だったのではないかと。それがまた、先生の作品へとつながっていく。

諸星先生は、異界への扉がどこにでもあることを教えてくれただけではなく、私に新たな歌への扉も開いてくれたらしい。

みんなして異次元ラジオを聴いたよね卒業前夜の海のあかるさ

（２０１９年３月）

オカルトと短歌

短歌にまつわる神秘的なエピソードは多い。今でも神事で祝詞の代わりに和歌が詠まれることがあるが、昔は呪《まじな》い歌というものが日常的に活用されていたという。

たとえば、歌人の大塚寅彦さんの文章で知った蟻害《ぎ》防止に使われていたという呪い歌。


蟻《あり》殿は虫に義の字と書きながら人の住まいにことわりもなし　作者不詳

この歌を書いた紙を玄関などに貼ると、蟻はおのれの行為に恥じて家に上がって来なくなるという。蟻さんが字を読めるのかと突っ込みたくもなるが、対象物を褒めて願いを聞いてもらうというのは、国褒め歌の基本で、呪い歌もその延長にあるのだろう。

他にもペットがいなくなった時に効く歌、安眠を促す歌などが紹介されているのを読むと、あらためて短歌は神秘的なものだと思う。

だが、最近は、そんな短歌の神秘的側面が忘れ去られて久しい。それが寂しく、なんとかしなければという思いもあって、二〇一九年で創刊四〇周年の老舗オカルト雑誌「月刊ムー」

で二年間にわたり「オカルト短歌」という投稿コーナーを担当させて頂いた。NHKでドラマ化された私のデビュー歌集『念力家族』が現代オカルト短歌の元祖とも言われているため、家元役を仰せつかったのである。

UFOにさらわれたという老人がテクノカットになりて還《かえ》りぬ　笹 公人

夕焼けの鎌倉走る　サイドミラーに映る落武者見ないふりして　同

はたしてどんな歌が集まるかと心配もしたが、そこはさすがにムーの読者、「アセンション」「プレアデス星人」といった先端の「業界用語」がばんばん出てくる。怖がらせるよりも笑いを取りに行く歌が多いのは、「家元」の影響か。

明滅し舞い上がりたるUFOに貼り付いている駐禁シール　中山一朗

この場合、駐禁していたのは、灰血を裏返しにしたようなアダムスキー型UFOではないだろう。近頃は、テレビのオカルト番組で紹介されるUFO映像も斬新なデザインのものが多い。おそらくアダムスキー型円盤など日本車でいえば「三丁目の夕日」に出てくるオート三輪のようなレトロな存在なのかもしれない。

捨てられた卒塔婆で建てたログハウス夏でもかなり涼しいらしい　酒井景二朗

天井を見上げると、消し忘れた戒名がちらりと見えたりするのだろうか。オカルト系のことばが詠まれた歌は、ベテランの作品にもときどき見られ、さすがに不気味な迫力がある。

目に見えぬ大蜘蛛ひそむネットなり人の思ひを捕へては食む　大塚寅彦

SNSやネット掲示板は人の想念を食べて生きながらえる妖怪なのかもしれない。webは蜘蛛の巣の意味だし、ネットと網とを掛けて大蜘蛛を出したあたりも巧みだ。

今後は、はやりのAIを内蔵したスマートスピーカーに霊がとりつくという怪談も増えてくる気がする。霊魂や付喪神《つくもがみ》の宿る先は、人も動物も自然もデジタルも問わない。われわれはそろそろAI殿を褒めたたえるAI褒めの歌を作ったほうがいいように思う。

幽体を剥がしてメールに添付する行きたいとこは聞いてやらない　笹　公人

（2019年2月）

ウルトラマンと短歌

部屋中に怪獣図鑑ちらかしてサイダー太りのこどもは眠る

四歳頃からウルトラマンが大好きで、幼い頃は、ウルトラマンの人形や怪獣図鑑に囲まれて過ごしていた。

今でも生活の中にウルトラ怪獣は浸食している。「この怒りの大きさは、初代ウルトラマンを倒した最強の怪獣ゼットンの一兆度（！）の火の玉袋を体内に抱えているようだ」と感じるのだ。

だから、そんなウルトラマンやウルトラ怪獣を数多く歌に詠んできた。第四歌集『念力ろまん』では「ウルトラエレジー」という章まで作っている。

ゼットンのあだ名に静まる秋の朝　転校生は肩をいからせ

小学生の頃のガキ大将の圧倒的な威圧感は、ゼットンにも匹敵する。不敵にも「前の小学校では『ゼットン』とあだ名で呼ばれてました」とうそぶく転校生を前にしたような瞬間は、大人になった今も、ある気がする。

失恋に苦しんだ時は、自然とこんな歌が生まれた。

じょっきりと未練の縄を切ってくれバルタン星人よその大きハサミで

戦争で母星を失なったバルタン星人なら、失恋した時の、あの身の置き所のなさも理解してくれよう。

セキセイインコがガッツ星人に見えるまで酔いし夜あり追いつめられて

ガッツ星人とは、大きな丸頭に鳥のような嘴《くちばし》の分身型宇宙人。失恋の自棄酒で酔っ払った時は、鳥籠の中のセキセイインコがガッツ星人に見えた。そして、たしかに分身していたのである。

悲しみで何もできない時、脳裏に浮かぶ怪獣といえばジャミラだ。私の中では、「悲しい」は「ジャミラ」の枕詞《まくらことば》になっているらしい。

泣き濡れてジャミラのように溶けてゆく母を見ていた十五歳《じゅうご》の夜に

もともとフランス人らしき宇宙飛行士ジャミラは、故障のため水のない星に不時着、地球に助けを求めるが、見捨てられる。彼は水を求めて地獄のような苦しみを味わった末、水のいらない、逆に水が弱点の、干からびた化け物のような姿に成り果てるのだ。ジャミラは自分を見殺しにした地球人への復讐のため地球にやって来る。そして、文字通り「渇望」していた水を浴びせられ、泥の中で絶命していく。

思えば、当時のウルトラシリーズなどの「怪獣もの」を作っていたのは、円谷プロや東宝の腕っこきのスタッフ、キャストであり、彼らはみな、戦前から戦中、戦後の激動期を知る人々だった。脚本だけを見ても、金城哲夫、上原正三、佐々木守、市川森一といったそうそうたる顔ぶれ。「セブン」の「ノンマルトの使者」、「帰ってきたウルトラマン」の「怪獣使いと少年」など、今の大人の目で見ても「深い」と唸るような作品を生み出して、子供たちに夢や憧れだけでなく、社会の矛盾や現実のやるせなさ、生きる哀しみまで教えてくれた。

それらを「栄養」に育ってきた私は、スーツアクターという「中の人」が着ぐるみの怪獣を動かしていたのとは逆に、笹公人という歌人の中にウルトラ怪獣が棲《す》んでいるのかもしれない。

夕ぐれの商店街ですれちがうメトロン星人ふりむくなかれ

（2019年4月）

誤読の効能

短歌は文字数が少なく、言いたいことの一部分を暗示して、あとは読者の想像力にゆだねる詩型である。そんな短歌の特質のおかげで思わぬ鑑賞のされ方をして戸惑うことも多い。たとえば、かつて日本経済新聞の春秋欄で引用された、歌人の栗木京子さんの著書『短歌をつくろう』からの穴埋め問題。

君からのメールがなくていまこころ［………］より暗し　　**笹　公人**

答えは、「平安京の闇」なのだが、教鞭《きょうべん》をとっている大学で「何の闇だと思う?」と質問したら、ある女子学生が「女子会の闇」と答えた。イマドキの女子も苦労してるんだなぁと同情したものである。

読者の解釈で歌の魅力が引き出されるといえば、以前、ＡＫＢ48のメンバーだった北原里英さんに雑誌の企画で短歌指導をした際、『サラダ記念日』のこの歌を使わせて頂いた。

砂浜のランチついに手つかずの卵サンドが気になっている　**俵 万智**

この歌、人に「なぜ卵サンドが気になっていると思う？」と質問すると、「恋人は卵サンドが嫌いだったのかなと気にしている」だとか「卵サンドに砂がついたからだ」と回答が返ってくる。外国人は「卵サンドを譲り合ったから」と答えることが多いらしい。

北原さんに同じ質問をすると、「夏でしょ？　卵サンドが腐ってたから」と答えた。この子は鋭い!!　と驚くとともに、コロンブスの卵的な回答だと感心したものである（卵だけに）。

その北原さんも好きだという この名歌。

観覧車回れよ回れ想ひ出は君には一日《ひとひ》我には一生《ひとよ》　**栗木京子**

「君」とは片思いの相手の男性で、「あなたにとっては、たった一日の想《おも》い出でも、私にとっては一生の想い出となるでしょう」という互いの気持ちのギャップが詠まれた切ない恋の歌として解釈されるが、あるカルチャー教室の受講者の女性は、こんな解釈を力説していた。

「君のようなモテない奴は、異性と観覧車に乗れる機会なんて、人生でこの日一度きり。私のようなモテモテの女は、一生いつでも誰とでも乗れるのよ」。作中の女性のイメージが、内気な女子高生から恋愛にもグイグイいく肉食系女子へと一八〇度切り替わる。聞いていて、作中の男性が憐《あわ》れで涙が出そうになった。
極めつきは、この歌。

いづこより凍れる雷《らい》のラムララムだむだむララムラムムララムラム　**岡井　隆**

独創的なオノマトペで雷鳴を表現した歌である。これも授業でどういう歌意だと思う？と質問したら、ある女子学生が、「『うる星やつら』の登場人物・諸星あたるがラムちゃんにカミナリを落とされた場面」と自信満々に答えたので、私の体の方に電流が走った。「ラム」と「雷」で『うる星やつら』を連想したのだろう。いくら国民的人気マンガとはいえ、私じゃあるまいし、岡井先生は『うる星やつら』のオマージュ短歌はつくらないだろう。
かように誤読の世界は深くて広い。だが、たとえ誤読でも作品に深みが増す読まれ方なら、作者もちゃっかり便乗して、作意やメッセージを変えてしまうこともあるかもしれない。それを思えば、この歌はこういう歌と決めつけるのはよくないと思えてくるのである。

（2019年5月）

わが師・岡井隆

「未来短歌会」に入会し、岡井隆先生に師事して今年で二十年になる。岡井先生は、現代短歌を牽引する巨人、カリスマであり、一九六〇年代には塚本邦雄、寺山修司らと前衛短歌運動を興したことでも知られる。私は、寺山修司がきっかけで短歌を始めたが、ポップな寺山と比べると、岡井先生の初期前衛短歌は私にとっては難解だった。

肺尖《はいせん》にひとつ昼顔の花燃ゆと告げんとしつつたわむ言葉は　　岡井　隆

この歌が詠まれた昭和三六（一九六一）年頃、岡井先生は結核の専門医。肺尖は肺の上部の円錐《えんすい》状に尖った部分で、そこに燃えている昼顔の花とは、レントゲン写真に写された肺結核の病巣の暗喩なのだが、暗喩も作品の時代背景も理解していない当時の私には、歯が立たなかった。

そんな九九年の夏、先生が主宰する歌会に参加させていただくことになった。その時、先生が提出されたのはこの歌である。

落ちてゆくあれの直下に照り翳《かげ》りつつ在りしかな朝の食卓

「昼顔の花燃ゆ」は、何のことだかさっぱりわからなかったが、「あれ」が原爆のことであることは直感的にわかった。何十万人もの命を奪う数秒前のリトルボーイの黒光りする忌《い》まわしさ、その下の日常を幻視している。何も知らない私にも理解できるこの歌に安堵し、また歌人・岡井隆の力に圧倒された。

先生は、いつでもその時代ごとに変化し、進化し続け「怪物」の異名をとる。「柔軟」というよりも「自己破壊」にも近い印象を受ける時さえある。

売春と売文の差のいくばくぞ銀ほしがりて書きゐたりけり

大いなる貝を貨幣として使ふ少数種族のやうに生きむか

そうかと思えば、

晴れやかや晴れ晴れ上り観覧車骨もあらはに空をめぐれる

と、日常の中の詩を「巨勢山のつらつら椿《つばき》つらつらに」という万葉の調べや「みじかびのきゃぷりきとればば」というCMのごとく切り取ってみせる。

あのね、アーサー昔東北で摘んだだろ鬼の脳《なづき》のやうな桑の実

という歌では、口語を大胆に取り入れただけでなく、マザーグースのような、牧歌的でもあり、不気味でもある世界を描き出す。

当代きっての人気歌人である穂村弘さんがエッセイ『ぼくの短歌ノート』で紹介しているが、実はこの歌、岡井先生の書いた「兎《うさぎ》」の文字が歌会で「鬼」と誤読され、それをそのまま採用したものだという。かつて先生は、自分が伝えようとしたメッセージよりも「詩型の引き出してきたものに従うことにしている」と書かれていたが、万葉の「辻占」にも通じるようなその姿が見てとれる。

先生が前衛歌人として名をなした六〇年代の芸術に「ハプニング」という概念がある。ジャクソン・ポロックのアクション・ペインティングやジョン・ケージの即興音楽、カプローやオノ・ヨーコのインスタレーション、広義ではフリージャズなども含まれるかもしれないが、先生の作品や生き方もそれに近いのではないか。オカルトやサブカルばかり歌にしている私などを弟子にして下さったのも、岡井先生にとっては「ハプニング」のひとつなのかもしれ

ないと、今にして思うのである。

（２０１９年５月）

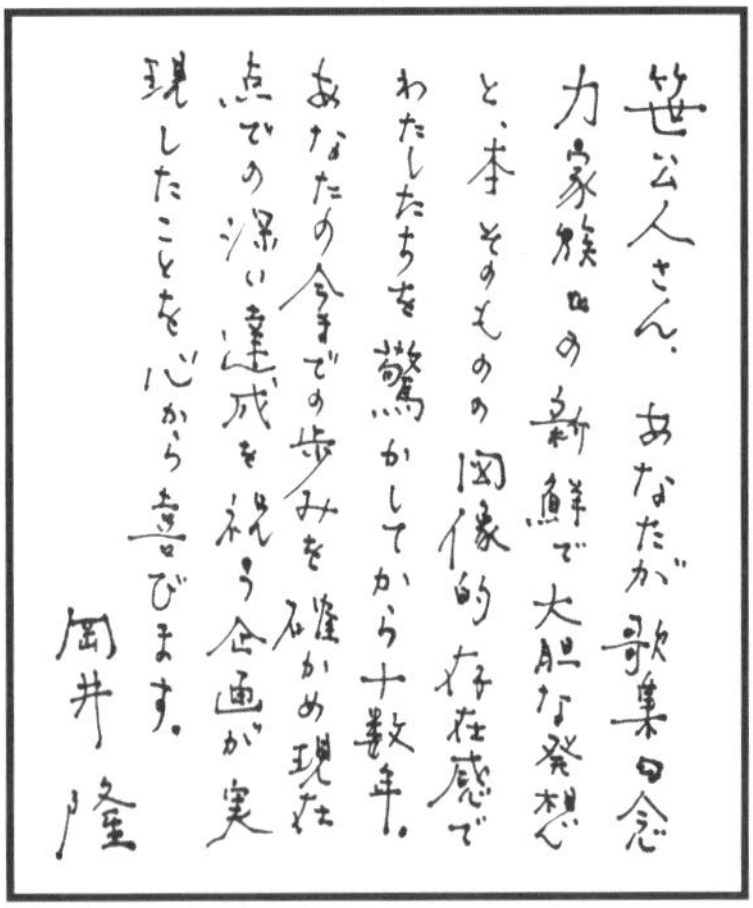

笹公人さん、あなたが歌集「念
力家族」の新鮮で大胆な発想
と、本そのものの図像的存在感で
わたしたちを驚かしてから十数年。
あなたの今までの歩みを確かめ現在
点での深い達成を祝う企画が実
現したことを心から喜びます。
岡井隆

さかい利晶の杜「念力歌ふぇ」笹公人作品展
(2016年) に寄せて。

ぐろうばる短歌

二〇一九年は、タピオカドリンクとともに、「タピる」という造語が若者たちの間で流行した。タピオカの「タピ」＋動詞「る」でタピる。「タピオカドリンクを飲む」または「タピオカを食べる」という意味で使われる造語である。いつの時代も若者は、新奇な造語の動詞を生み出して流行語を作り出す傾向があるようだ。

「グチる（愚痴）」
「ダベる（駄弁）」
「ジコる（事故）」

これらの造語は、いずれも一時の流行に終わらず定着したものである。いずれも名詞＋「る」で動詞化している造語である。

次のものは、その外来語版である。

「ミスる（miss）」

「ダブる（double）」
「サボる（sabotage）」
「パニクる（panic）」

これらすべてを紹介するのは字数の関係で無理なので、「タピる」のような体言＋「る」で動詞化した造語の解説と、それを使用した短歌を紹介していきたい（思いのほか該当する歌が見つからなかったため、自作の短歌を入れざるを得なかったことをご了承下さい）。

二〇〇〇年代以降の「〇〇る」の流行語は、インターネットや携帯電話にまつわる情報系のものが多かった。

【ググる】検索エンジンのGoogleで検索するという意味。

ググったら人工知能開発者として輝いていたキャロライン洋子　**穂村　弘**

だいぶ昔に引退した芸能人の名をググってみたら、他の意外すぎるジャンルで大活躍していたという驚きが詠まれている。ちなみに「ヤフる」も、検索エンジン「YAHOO!」で検索するという意味。

【自撮る】カメラなどで自分の写真を撮影するという意味。

マチュピチュの崖で自撮りて落下死する男あり凄まじき蒼天　　**笹 公人**

観光名所の崖などで、自撮り棒を使ったために、不注意で落下死する人が相次いだことを歌にした。

【デモる】デモをするという意味。

星条旗を掲げてデモる黄色《イエロー》人種の若者たちに吐き気催す　　**高島 裕**

「デモをする」ではなく、あえて「デモる」という造語にしたことで、星条旗を掲げる若者たちの軽薄さがより強調された。

次の造語は、動詞ではなく形容動詞だが、例外的に紹介する。

「神ってる」が流行る浮世に十戒のひとつを思いびくびくとせり　　**松村由利子**

【神ってる】神がかっているさまを表現する省略語。二〇一六年度ユーキャン新語・流行語大賞年間大賞語。

作者は、モーゼの十戒の第三戒「神の名をみだりに唱えてはならないこと」を念頭に置き、「神ってる」という言葉を流行らせた日本人の怖れを知らぬ軽薄さに慄いているのである。このように造語は、否定的なニュアンスで使用されることが多いようだ。

最後に流行語ではないが、作者によるオリジナルの造語の歌を紹介したい。

【ぐろうばる】

ぐろうばりぜいしよん。ぐろうばりながら裡《うち》に蒼白く国家を胎《はら》む　岡井　隆

グローバル化するという意味の造語。今のところ、この歌でしか見聞きしたことがない言葉だが、今後流行る可能性を秘めている。岡井隆のような巨匠が、こういった新しい試みに果敢に挑戦していることを知れば、若い歌人たちも大いに勇気づけられることだろう。

（2020年4月）

ハナモゲラの逆襲

一九七〇年代半ばから一九八〇年代にいわゆる「ハナモゲラ語」が流行したことがある。もともと、ジャズピアニスト山下洋輔さんの仲間内で流行したもので、その一ジャンルにハナモゲラ和歌があった。

「山の美しさに感動して詠める」

なだらそう きよひにきらり しらきぬの ひとひらひらに みどりたちまち　糸井重里

ひいらぎの かほりやまめて せせらぎる どぜうてふてふ くましかこりす　山下洋輔

当時すでに短歌を始めていた私は、この枕詞風の造語やオノマトペのみで成り立つ和歌に衝撃を覚えた。大袈裟ではなく、これほどまでに山の美しさを表現した歌があっただろうかと思ったのだ。

さらに、師匠・岡井隆先生の著書で、次の「歌」を元祖ハナモゲラ和歌として「再発見」するに至り、角川「短歌」で「ハナモゲラ短歌」という連載をやらせて頂いた（後に『ハナモゲラ和歌の誘惑』として小学館より上梓)。

みじかびのきゃぷりきとればすぎちょびれすぎかきすらのはっぱふみふみ　大橋巨泉

六九年に万年筆のコマーシャルで人気を博し、子供たちも真似したフレーズを岡井先生は次のように論じている。

『『みじかびの』はすぐに『短い』を呼び起こすし、『きゃぷりきとれば』は『キャップをとれば』に通ずる。(中略)この歌は案外、短歌という詩型のもつ、リズムと音韻と意味との関係の、伝統的な本質を示したとも言える」

思えば、「巨泉」は早稲田時代の俳号だから俳句のリズム感もあっただろうし、ジャズ評論でデビューしたのだから、「飯」を「しーめ」と呼び、「お調子者」を「C調」と言ったりするジャズメン達の言葉遊びやリズムの感覚、洒落《しゃれ》っ気も持ち合わせていたに違いない。

「大変に汚いさまを詠める」

さなだむし じるつゆのおり こきかじり みがほろとばる あじめどあくさ　渡辺香津美

ギタリストの渡辺香津美さんによる臭い立つような作品。濁音を生かして汚れた感じを出すのに成功している。害虫に濁音はつきものだし、古語でも濁音には打ち消し系統が多い。いわば「マイナー調」である。古語辞典を引けば、濁音には漢字の音読み、つまり外来語が多い。汚いもの以外にも「権現」などもあって、「異界からやって来る怖いもの、強大なもの」を表す音だったのかもしれない。

そういえば、「ゴリラ」と「クジラ」から造語された「ゴジラ」も海からやって来る（これが「クリラ」では可愛らしくなってしまっただろう）し、最凶の怪獣キングギドラは金星を滅ぼした勢いで地球に乗り込んでくる。「善玉」の「モスラ」には濁りがないが、力も弱い。

来る八月二十四日には、大阪の堺でのイベントで、山下洋輔さんと対談することになっている。ミニライブもあるので、ことばの「音」と楽器の「音」についても山下さんに伺ってみたい。

最後に、「タモリのオールナイトニッポン」最終回での、タモリさんのハナモゲラ和歌を。

きんたびれ　すてもちみれば　しにあわん　つきのかたびら　しきのとうふか　　タモリ

（２０１９年６月）

アナグラムの不思議

アナグラムというものがある。文字の順番を並べ替えることによって、別の意味の言葉にする遊びだ。

大林宣彦監督の初期作品「廃市」の原作者にして「モスラ」の原作者の一人であり、作家池澤夏樹さんの父上でもある純文学作家福永武彦が推理小説を書く際には加田伶太郎（誰だろうかのアナグラム）の筆名を用いていたのも有名だ。

短歌をつくる時にあれこれとことばを思い浮かべ、韻律や母音の響きを考える間に、偶然、アナグラムができてしまうこともある。日本語の響きの面白さや不思議さを感じることも多い。

教鞭《きょうべん》をとっている大学の授業でも、そうした日本語の面白さを感じてもらおうと、学生たちに、本人の名前でアナグラムを作らせる試みを行っている。学生本人に、そのアナグラムについて尋ねると、出身地や自身の性格、家業やアルバイトの業種や店名、趣味が入っていることもある。偶然できた音列や文字列に意味を考える時、無意識のうちに個人を形作る何かと結びつけるのだろうか。

たとえば、くずみゆきこさんの名前から「ゴミクズ消ゆ」。くずみさんは、潔癖症で大の掃除好きなのだという。いとうりきや君という学生は、「YOU焼き鳥」というのを出してきた。故ジャニー喜多川さんが言いそうなフレーズだが、いとう君の実家は焼き鳥屋だという。

職業といえば、パズル作家の岡田光雄さんは、なかにし礼さんの名前に、「詩歌になれ」というアナグラムを見つけている。何作もレコード大賞作品を手掛け、『長崎ぶらぶら節』で直木賞を受賞した大作詞家・作家にふさわしいアナグラムだ。

作家の石津ちひろさんの『アナグラム人名図鑑』は、人名アナグラムに特化した珍しい本だが、武満徹「音、見つけたる」吉田拓郎「歌だ！ヨロシク」なんてものもあり、どれもその人の本質を突いている気がする。こういったものを見るにつけ、人名のアナグラムには、何かその人の人生を象徴する意味の言葉が含まれているのではないかと思う。

ちなみに私の、笹公人（ささきみひと）のアナグラムには「人裂きミサ」というのがある。オカルト短歌でデビューし、実際、黒ミサの歌も詠んでいたので、ハッとしたが、これでは気味が悪い。

以前、漫画家の楳図かずお先生に「笹」と「公人」の間に「不」をつけると「笹不気味人（ささぶきみひと）」になるとうれしそうに指摘されたことがあったが、こんな怪しいものばかりでは悔しいので、何時間もかけて、文字をあれこれ並べ替えてみたことがある。苦し紛れに「ささきみひと」の「ひ」を歴史的仮名遣い風に「い」で読むことを思いつき、「都井岬さ（といみさきさ）」というアナグラムをひねり出した。

その一年前に、「牧水・短歌甲子園」で宮崎県を訪れたときに、野生の馬が行き交う風光明媚《めいび》な都井岬にも行っていたのだ。「人裂きミサ」と爽やかな「都井岬」ではえらい違いだが、真面目に生きていれば、都井岬のような素晴らしい場所にも行けるが、悪いことをしたら人裂きミサの生贄《いけにえ》になるぞという警告が含まれているのかもしれない。

そもそもこの遊びをはじめたのは、二〇一九年お亡くなりになった、イラストレーターの和田誠さんの影響だ。和田さんは、ことば遊びの名手で、自作の回文やアナグラム、地口や語呂合わせ、替え歌などを集めてイラストとエッセイで綴《つづ》った『ことばの波止場』という本まで出している。

その本にある、写真家の篠山紀信さんのアナグラムが「魔の写真機」。和田さんらしく、シンプルで鋭く篠山さんを描いた実に見事なアナグラムである。

その和田さんの（わだまこと）で、私が作ったアナグラムが「言霊輪（ことだまわ）」。

以前、和田さんと話が盛り上がった時、「長男に唱と名前をつけたら歌手になった（トライセラトップスのボーカル和田唱さん）、次男に率と名付けたら、数学が得意な子になった。やっぱり何かあるよね」と仰っていた。
　和田さんの奥様、料理愛好家平野レミさんの名前はドレミファの「レミ」で、シャンソン歌手でもあるレミさんにふさわしい。そのレミさんが作った万能だしパックの名前は「わたしの和だし」。レミさんの愛情たっぷりの料理を前にニコニコ顔の和田さんが目に浮かぶ。和田さんの傑作の足元にも及ばないが、やはり和田さんは、言霊の輪に囲まれた人生だったように思えてくるのだ。

（2020年4月）

左から篠山紀信さん、和田誠さん、笹公人。

短歌は音楽だ

二十代前半の一時期、アイドルが歌う曲の作詞の仕事をしていた。その経験で現在の歌人としての活動に生きていることがあるとすれば、当時、ディレクターから貰った次のようなアドバイスである。それは、歌詞の頭とサビは、なるべく母音のａ（ア）音が含まれるア段（あ、か、さ、た、な、は、ま、や、ら、わ）にしたほうがいいというものだった。

その時は理由がわからなかったのだが、後から昔の大ヒット曲の歌詞の頭やサビの部分を調べてみると、たしかに「ア段」の音が多い。

いま思いつくものでも「♪ああ　私の恋は」ではじまる松田聖子の「青い珊瑚礁」、「♪ああ　果てしない」ではじまるクリスタルキングの「大都会」、「♪たとえば君がいるだけで」ではじまる米米ＣＬＵＢの「君がいるだけで」、「♪花屋の店先に並んだ」ではじまるＳＭＡＰの「世界に一つだけの花」、「♪アイウォンチュー」ではじまるＡＫＢ48の「ヘビーローテーション」などが頭に浮かぶ。

サビ部門では、「♪ああ　川の流れのように」の美空ひばり「川の流れのように」など山ほどある。数え上げたらきりがないが、「ア」音ではじまる歌には、たしかに明るい印象があり、歌の世界に引き込まれやすいようだ。

音声学の研究家・山根章弘氏によると、「ア」の母音を耳にした時、われわれは「明朗で開放的」な印象を受けるらしい。そういえば、お経や祝詞もほとんどがア段の音ではじまるし、最古の短歌といわれるスサノオノミコトの「八雲立つ出雲八重垣妻籠みに八重垣作るその八重垣を」の歌もそうである。

古代人が感動のあまり「あぁ」と漏らした声が「あは」となり、「あはれ」となって文学がはじまったという説もある。「アーメン」も「南無阿弥陀仏」も、「天津祝詞」(高天原に神留坐す)も「般若心経」(摩訶般若波羅蜜多心経)もそれぞれア段の音ではじまる。

古神道では、「ア」ははじまりを表す音、天を意味する言霊といわれる。われわれが、「ア」音ではじまる歌謡曲から明朗で開放的な印象を受けるのは、錯覚ではなく、音声学や言霊的な裏付けもあったのかもしれない。「百人一首」の一首目も「秋の田の」ではじまるから、藤原定家もそのことを意識したのではないかと勝手な想像をしている。

作家の故井上ひさしは著書『自家製　文章読本』の中で、斎藤茂吉の名歌、

最上川逆白波のたつまでにふぶくゆふべとなりにけるかも

をローマ字に綴り直すことで、母音のもたらす効果について注目している。以下、少し長くなるが、引用させて頂く。

Mogamigaha sakashiranami no tatsu made ni fubuku yufube to narini keru kamo

「逆白波」は六音、そのうち四音が「ア」の母音を孕み持つことがわかる。それればかりか上句十七音のうち「ア」を抱く音が九音もあるのだ。半分以上が「ア」の母音を響かせている。「ア」は大きな抱擁力を持つ音である。赤ん坊が最初に学習するのもこの音であって、この音はすべてを受け入れる。そこでこの歌の上句は荒れ狂う大自然をそのまま我がものとして受け入れているのだとわかる。ところが下句に至って事情は一変する。とくに第四句の「fubuku yufube to」が重要だ。七音のうち五音までが「ウ」の母音を孕んでいる。

「ウ」は思い屈した、姿勢の低い音である。それが五個も連続すると、まるで唸り声のように聞こえる。吹雪に吹き飛ばされまいとして唸り声を発しながら背をかがめている人間。だが第五の結句で人間は大自然と和解する。第五句は「アイウエオ」の五つの母音をすべて含んでいるからである。日本語の持つすべての母音が響き合うこと、それはまったき世界の再創造である。

この鑑賞には心から納得させられた。茂吉の名歌の名歌たるゆえんがはじめてわかったような気がした。現代において、他人の短歌や自作の短歌を母音に分解して鑑賞したり推敲したりする歌人はほとんどいないだろうが、この方法は今でも有効だと思う。「母音分解読み」で心地よく響く短歌こそ、韻律の美しい歌といえるのではないだろうか。

私の知るかぎりでは、歌人よりもプロの作詞家や作曲家のほうが母音の効果を信じているし、気を遣っているように思える。

一方、現代短歌は、意味内容やイメージ世界を尊重しすぎるあまり、韻律を蔑ろにしているのではなかろうか。

藤原俊成は、「歌はただよみあげもし、詠じもしたるに、何となく艶にもあはれにも聞ゆる事のあるなるべし」（古来風体抄）と述べている。今こそ短歌は、元来尊重されていた音楽性に立ち返るべきだと思う。

歌の音楽性といえば、以前、細野晴臣さんのイベントに前座で出演させて頂いたとき、細野さんに「短歌にメロディーをつけて歌わないの？」と聞かれたことがある。その手があったか！と思った。ちょうどその頃にパフュームが5・7・5の音数にメロディーを乗せた「575」という曲でヒットを飛ばしていた。歌人でありバンドマンでもある私は、その5・7・5・7・7版を作るべきだったのである。坂本冬美のヒット曲「夜桜お七」も歌人林あまり氏の短歌にメロディーをつけたものだし、「君が代」の歌詞も「古今和歌集巻七賀歌」の冒頭から採録された短歌だ。短歌にメロディーをつけるという試みは、一見、奇抜に見えて案外先祖返りの行為なのかもしれないと思うがいかがだろうか。

（2016年6月）

HOSONOゾーン

スポーツ選手が極度の集中状態に入った状態を「ゾーンに入った」と表現することがあるが、私もこれまでの人生で一度だけゾーンらしきものに入ったことがある。

それは、二〇一〇年の秋、憧れのスーパースター細野晴臣さんから、いわゆるイロモノ枠で細野さん主催のイベントの前座を任された時のこと。

私は、中学生の時からYMOの熱狂的ファンで、憧れが昂《こう》じて、宇宙ヤングというテクノポップユニットまで結成してしまったほどなのである。アレンジとキーボード担当の相方のHIDE－AKI（小林秀聡）さんは、いまやゲーム音楽家として人気者だが、肝心の私のボーカルが素人にしても下手すぎて、一向に売れる気配はない。

さて、そんなわれわれ宇宙ヤングのイベント出演日が近づいてきた。人生を変えられたYMOのリーダーの前で歌うのだから、これは「天覧試合」にも等しい。少しでもパフォーマンスを向上させるためにサポートも入れ、練習を重ねた。

そしてイベント当日。リハーサルを見て、「これはまずい」と思われたのだろう。なんと、本番では、細野さんが司会とツッコミ役を担当してくださった。幼稚園の先生が歌の発表会で、司会をしつつ園児たちをフォローする感じといえばいいだろうか。

　客席は超満員。前方の関係者席には、名だたるミュージシャンや歌手、女優が集結している。「しまった」と思った。相方はともかく、私はプロ中のプロの前でやれるほどの実力は有していない。足がすくんだ。

　歌っている最中は、歌っている自分の姿を見下ろしていた。極度の緊張で「幽体離脱」していたのだ。時間はぐんにゃりゆっくり流れ、一秒が一〇秒くらいに感じられた。いつもは間違える歌詞も間違えない。これが噂にきく「ゾーン」か。しかし、いかんせん歌が下手すぎて客席は引いている。せっかくゾーンに入ったというのに、まさに「ゾーン損」である。

　ラスト近く、ＹＭＯの名曲「ライディーン」に勝手に詞をつけた「燃えろ!関ケ原」という曲で鎧兜《よろいかぶと》のオモチャをかぶり、日本刀のレプリカを片手に「♪いーくーぞー　いくぞ関ケ原～」と熱唱した。しかし、あいかわらず客席は静まり返ったまま。どういうわけか目の前の外国人の青年と美女の二人だけがノリノリで踊ってくれていた。

　そして、舞台は終わり、私は短歌、相方は音楽に打ち込むべきだと悟り、宇宙ヤングの活動は「謹慎」することになった。

　数日後、友人から「ショーン・レノンがＴｗｉｔｔｅｒで笹さんの写真をアップしてますよ!」と知らされた。あのジョン・レノンとオノ・ヨーコの息子が例の外国人だったのだ。

確認すると、英語のコメントとともに、兜をかぶって熱唱する私の画像が写っていた。全世界何十万ものフォロワーに公開されたマヌケなその画像を見ながら、私は、なぜか赦《ゆる》されたような気がしていたのだった。

今、細野さんのアルバム「ＨＯＣＨＯＮＯ　ＨＯＵＳＥ」を聴いているうちに、あのあまい夢のような修羅場がよみがえってきた。背筋は冷たいのに、季節はずれの汗が流れるのは、暖房のせいばかりではあるまい。

金星の王女わが家を訪れてＹＭＯを好んで聴けり

笹　公人

（２０１９年３月）

時をかける大林監督

人生で一番緊張したのは、大林宣彦監督の映画「その日のまえに」に出演した時だ。

小学生の頃、テレビで「HOUSE ハウス」や「転校生」「時をかける少女」を観たのが大林映画との出合いであり、その抒情《じょじょう》性やノスタルジイの世界に惹き込まれた。おそらく大林映画に出合っていなければ、私は短歌を詠んでいなかっただろう。

二〇代の頃は、尾道のロケ地をめぐり、そこで偶然、大林監督に二回も遭遇する。さらに、第一歌集『念力家族』を上梓し、大林監督に謹呈して以来、文通のようなものが始まり、二〇〇八年、映画「その日のまえに」に出演させて頂くことになったのだ。私の役は主演の永作博美さん扮する「とし子」の兄で、南原清隆さん演じる「とし子の夫」と妹の結婚を反対するシーンなどに登場する。その妻役は、「青春デンデケデケデケ」のヒロイン役も忘れがたい、大林組の常連、柴山智加さんだった。

撮影当日は、老けメイクを施され、演技指導を受けた。数十人のスタッフを前に、南原さん、永作さんらが待機する中、「よーい、スタート！」という監督の声がスタジオに響きわたる。ガチガチで声は震え、体の動きを覚えたら、セリフが飛び、セリフを意識したら、体の演技を忘れてしまいまいで、NGを連発。周囲のキャスト、スタッフの方々に申し訳ない気持ちで余計に声が上ずる。無我夢中で演じて「カット！」の声に恐る恐る顔を上げると、監督がニコニコしながら両手でマルをつくって下さっていた。緊張からの解放、本当にこれでよかったのかという困惑、そして素人が映画の現場に参加させて頂いた申し訳なさと晴れがましさの綯《な》い交ぜになったあの感覚は死ぬまで忘れ得ないと思う。

その後、大林監督は、黒澤明監督に託された「映画には必ず世界を戦争から救う、世界を平和に導く美しさと力があるんだよ」という遺言と志を受け継ぎ、大林映画の戦争三部作と呼ばれる「この空の花」「野のなななのか」「花筺《はながたみ》／HANAGATAMI」を完成させる。

新作になるほど、前衛的なのにポップで度肝を抜かれる作品群の中でも二〇一七年公開の「花筺」は、クランクイン直前に監督の肺ガンが判明し、ステージ4で医師から余命三カ月の宣告を受け、文字通り命がけの撮影となった。その映像は、生と死、愛、性、友情、など様々な人の営みとそれを包み込む自然を、厳しさと慈しみの目でとらえた鬼気迫る作品となっていた。

作中、満島真之介さん演じる高校生・鵜飼《うかい》が叫ぶ「青春が戦争の消耗品だなんてまっぴらだ」という台詞《せりふ》は、凡百の監督の作品なら青臭くて浮いてしまうだろう。だが、この作品では、大林監督が黒澤監督から受け継いだ魂が叫んでいるようで、私の中で今もこだましている。

二〇二〇年、その大林監督の最新作「海辺の映画館―キネマの玉手箱」が公開となる。舞台は、原点回帰というべきか、監督の故郷尾道。しかもＹＭＯの高橋幸宏さん、「新しい地図」で新境地を開拓した稲垣吾郎さんも出演されるそうで、期待に胸が膨らむ。

時代は今もきな臭い。黒澤監督から大林監督に渡ったバトンが、大きな意味を持つと思う。

「転校生」

８ミリのカメラに手をふる一美《おれ》がいたモノクロームのあの夏の日の　　**笹　公人**

（２０１９年６月）

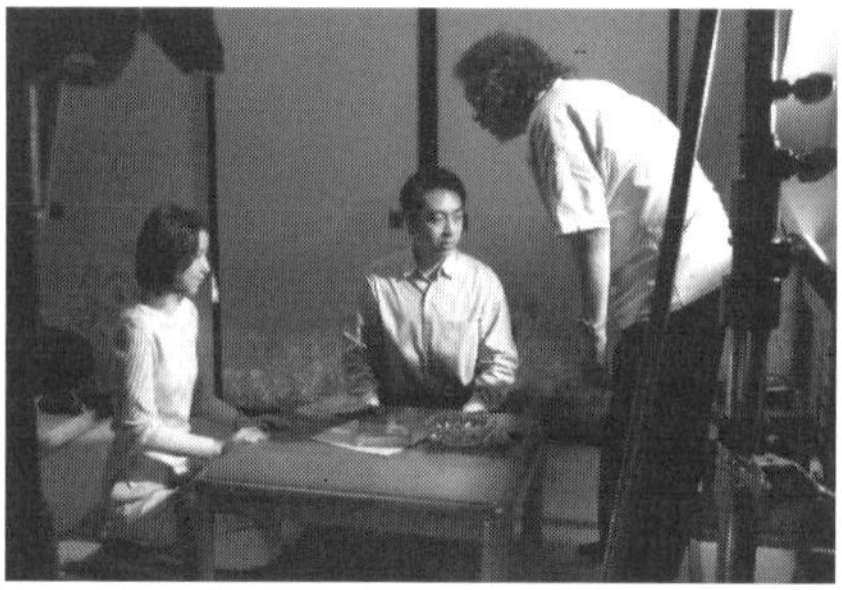

左から柴山智加さん、笹公人、大林監督。

文庫『念力家族』の解説と第四歌集『念力ろまん』の帯文は大林監督から頂いた。

可児才蔵に導かれ

私の先祖は可児才蔵という戦国武将である。宝蔵院流十文字槍《やり》の達人で、関ケ原の合戦で東軍一の活躍をし、徳川家康から絶賛されたという。あまりにも活躍しすぎて、討ちとった敵将の首級を持ちきれず、目印として、その口に笹の葉をくわえさせ、首を置いて戦い続けた。そこから家康直々に「笹の才蔵」の異名を賜り、それで子孫の姓が笹になったそうな。

関ケ原以前は、明智光秀、柴田勝家、豊臣秀次など、やむを得ぬ事情で次々と主君を変え、福島正則の家臣として落ち着くまで波瀾万丈な人生を送っている。

司馬遼太郎さんの『おれは権現』など歴史小説の主役にもなっており、最近では、ゲームやマンガで、やたら戦闘力の高い鬼武者として人気を博しているようだ。

墓所は広島にあり、才蔵寺という寺に祭られている。数年前の春、大林宣彦監督の映画の舞台となった尾道に聖地巡礼で訪れた帰り道、先祖が祭られた寺にお参りしようと思いたった。寺に着くと、たまたまいらっしゃった女性の方に話しかけられ、可児才蔵の子孫だと説明すると、女性は、才蔵の墓に向かって何やら祈りはじめた。才蔵は、私が子孫だと教えてくれたという。この女性が、才蔵寺現住職・河村光仁さんで、不思議な能力をお持ちの方とお見受けした。

しばらくたった頃、Ｔｗｉｔｔｅｒ上で突然ある人から話しかけられた。その人は、著名なゲームクリエイターのイシイジロウさんで、私が才蔵の子孫だということをネット情報で知り、声をかけてくださったのだった。話を聞くと、彼もまた才蔵の子孫だという。メールをやり取りすると、なんと家がすぐ近所で驚かされた。後日、お会いして家系図を見比べてみたところ、まったく同じものだった。曽祖父が兄弟という関係だったのだ。イシイさんも大林映画の大ファンであるという共通点もあり、話が弾んだ。

そのご縁で、師匠の大林監督をイシイさんにご紹介したところ、イシイさんのゲームソフト「タイムトラベラーズ」の宣伝企画で、監督とイシイさんの「時かけ（時をかける少女）」対談が実現されたのである。才蔵寺を訪れてからあれよあれよの展開で、才蔵の導きだと感じた。

ところで、才蔵寺では、冬になると大量の味噌のお供え物という珍百景が出現する。才蔵は晩年、仏門に入り、貧しい人々に味噌を配って生活を助けるなどしたという。その伝承により、味噌が供えられるようになったそうだ。現在は、味噌から脳みその連想で、受験生がミソ地蔵に味噌を供え、「サムハラ」という真言を三回唱えると、受験合格に霊験あらたかだということで合格祈願のパワースポットとなっている。

私はわりと運のいい人間だと思っているが、受験運だけはなかった。ケアレスミスを連発し、模試ではA判定だった大学にいくつも落ちた。受験の神様の子孫がなぜ?とも思うが、これも先祖が戦場で流した血の贖罪なのかもしれない。あるいは、私の受験運が「時をかけ」て参拝者に移ったのか。

時まさに受験シーズンの真っ最中。そこで、最後に今これをお読みの皆様にも受験運が上がるよう、私から才蔵さんに祈念させて頂くとしよう。

サムハラ　サムハラ　サムハラ

くろぐろと長押《なげし》に積もる塵埃払えば光る才蔵の槍

笹　公人

（2019年1月）

可児才蔵像（才蔵寺にて）

III

東進ハイスクール講師陣のキャラ濃かりけり地獄のディズニーランドのごとく

常盤光太のドタバタ合格風雲録

大塚自動車短期大学
合格！

▲常盤光太くん
（山崎第二高校卒）

人を見かけで判断するな！

「熱い！　ヤバイ！　間違いない！」

これが西進予備校の体験授業を受けた時の感想です。

体験授業で受けたのは、ニューハーフのワッコ先生の「フィーリング長文読解」でした。ワッコ先生は色黒で髪はショートカットで、ボディコン系の服を着ていて、パッと見、時代遅れのファッションをしたタイ人ホステスかな？　なんて思いました。そんな第一印象だったものですから、「ド派手な化粧なんぞしやがって！」とか、「どうせ授業のあと、新宿二丁目を闊歩するんだろ！」とか、否定的な感情ばかりが浮かんできたのですが、いざ蓋を開けてみてビックリ！　講義はなかなか大したものだったんです。どうせイロモノだろ、なんてナメていた僕が浅はかでした。

講座が始まってから30分くらいして、「ムム……おぬしやるな」

と剣の達人が剣の達人に出会った時に感じるような感想を抱いていました。いまにして思えば、「人を見かけで判断してはいけない」ということを教えてくれたのも西進予備校だった、ということになるかもしれません。

講義はとにかくわかりやすい！　そしてユーモラス！　ゲイ特有のキワドいジョークには正直、閉口することもありましたが、「どんだけ～」とか「言うよね～」なんていうオリジナリティのある言い回しは、ちょっと凄いんでないの？　と思いました。

隣にいた知らない生徒と「これ、流行るかもしれないよね？」なんて話したりもしました。とにかくこのワッコ先生の体験授業がきっかけで僕は西進予備校に入学することを決めたのです。

ワッコ先生の講座自体はオススメですが、注意すべき点もあります。えー、これは書いてもいいのかな……？

えーい！　光の速度で書いてしまえ(^^;)

ワッコ先生はお気に入りの生徒にベタベタ体を触る時があるので、イケメン諸氏は特にくれぐれも注意すること。

え?!　ベタベタされなかった僕はイケメンじゃなかったからって？

（どつくぞ！(^^;)）

敵は本能にあり

若さゆえか、僕はすぐにパソコンの桃色画像や桃色動画を見てしまう癖があったので（別に変な意味じゃありません！　誤解のないように！）、これは正直、自分の「本能との戦い」だと思いました。そのとき僕は、明智光秀が師匠の織田信長を討ちにいくときに言ったとされる言葉「敵は本能寺にあり」をもじって、「敵は本能にあり」という言葉をひらめきました。勉強は苦手ですけど、こういうのはひらめいちゃうんですよね～(^^;)

これは自分でもなかなかよくできているなぁと思えるほどの力作で、新聞か雑誌かなんかに投稿してみようかな？　とも思ったのですが、受験生なので、やめました。

　そして僕はハチマキにマジックペンで「敵は本能にあり」と書いて、それを頭に締めました。それからパソコンの桃色関係に手が伸びる率は減ったように思います（みなさんにもこの裏ワザをオススメいたします）。

　ある日、僕はうっかりそのハチマキをしたまま、食卓につき、家族と一緒に夕食を食べました。すると父が「おい、ハチマキの言葉、『敵は本能寺にあり』が『敵は本能にあり』になってるぞ。寺が抜けてるぞ！」と指摘し、続けて「元気になりすぎて三浪なんかしたら困るぞ！」と言って笑いました。すると母が「嫌ですよ、パパったら」と言って、二人はクスクス笑いだしました。

　こういうのは正直、センスが下品なカテゴリーに入る笑いだと思います。僕は「これはわざとモジってやっているんだぞ！」と叫びたい気分でしたが、父と母は顔を見合わせていつまでもクスクス笑っているので、僕は顔を真っ赤にして下を向くしかありませんでした。

　この日、わが家に金属バットがなくて本当に良かったです。危うく１９８０年に起きたあの忌まわしい事件が繰り返されるところだったのですから……。

　あ、いまのは常盤光太一流のブラックジョークですよ(^^;)

　そんな修羅場もいまとなっては懐かしくも甘美な思い出です。

今宵はグルーヴィー・ナイト

　合格発表があった日の夜、わが家は宴でした。拍手と歓声、そしてシャンパンがポン！　と開けられる音。ああ、僕はいまこの瞬間を味わうためにこの世に生まれ落ちたんだと素直に感動をかみしめていました。

弟はこの日のためにつくったという「今宵はグルーヴィー・ナイト」という曲を披露してくれました。歌もギターもご愛嬌というレベルではありましたが、サビの歌詞の「金も女もついてくるイェイイェイイェイイェイ！」というフレーズは気に入りました。

「おまえ、作詞家になったほうがいいんじゃないのか？」なんて言って褒めてやりました。そして、「今宵はグルーヴィー・ナイト」のメロディーに身を委ねつつ母がつくってくれたホットの「ミロ」を飲んで悦に浸っていたのでした。

合格して舞い上がれ！

ワッコ先生をはじめとする素敵な先生方のおかげで、憧れの大塚自動車短期大学に入学することができました！　大塚は自動車免許に強い短期大学だそうなので、案外スピーディーに車の免許が取れるかもしれないぞ、なんて期待に胸をふくらませちゃってます。

そして、無事免許を取得した暁には、ステディな関係にある同年代（あるいは年下）の美女と海辺のワインディングロードをドライブ……な~んて心臓バクバクな展開もアリ？　なんて妄想しちゃってます。え？「大塚に合格したからって調子に乗りすぎだぞ！」ですって？

そう、文字通り舞い上がっちゃってます(^^;)v

魔王がいた教室

▲森 新平くん
（東京青門高校卒）

第六天魔王

「西進に決めてよかった！」

これがいま、あの「たちばな生命大学」でハッピーライフをエンジョイしているボクの嘘偽りのない感想である。

西進には宣伝文句のとおり個性派の講師が揃っていましたが、なかでも「地球最後のカリスマ」と呼ばれる滝口（第六天魔王）秀則先生はいろんな意味で他の講師を超越していました。

なんでも滝口先生は織田信長の生まれ変わりだそうで、だから信長の通称であった「第六天魔王」を名前の間に入れているそうです。

冬休みに恒例となっている日帰りの「第六天魔王と行く合格祈念ツアー」で伊勢神宮に参拝したことも良い思い出です。先生は皇室関係者しか入れない神社の奥のほうまでずんずん進んで行くので、大丈夫かなぁ？　と心配したのですが、案の定、ガードマンに取り押さえられました。

「わしは第六天魔王じゃ。神主を呼べ‼」と叫んでガードマンと揉み合いになった時は、野次馬が集まって、生徒としてちょっと恥ずかしかったです。すったもんだの末に先生は引き下がったのですが、先生はその直後に、砂利に足をすべらせて転びまして、「先生、バチが当たったのかも……」と隣にいた生徒と話をしました(失敬)。

まさにカリスマ

最後の授業となる「怒涛の大英文法」の時に、ふだんは秘密にしているという超常エピソードをたくさん披露してくれたのですが、これがまた凄かった!!

一部そのエピソードを紹介します。

＊末期ガンの患者のガンを手かざしで消滅させた
＊先生が生まれる直前、母親の口に太陽みたいな光が飛び込んだ
＊自分が飲食店に入ると、それまでガラガラだったにもかかわらず、急に客がたくさんやってきて満席になる
＊センター試験の日は生徒のために念力で雨を止めた
＊前世である織田信長の時代の「本能寺の変」の真相

ｅｔｃ…

日本にこんな男がいたのか！　と興奮しました。そして授業の最後に、

「俺はおまえらのために毎朝5時に起きて神剣を振って合格を祈念しているんだぞ！」と告白された時には、涙が出ました。

ボクはそんな「地球最後のカリスマ」と呼ばれている人の授業を受けることができてほんっとに幸せだなぁと思わず神様に感謝しました。

いや、滝口先生こそが神様だったわけですが……(なんだかアタマが混乱してきたゾ！)。

授業のあと、握手をしてもらった時は体に電

流が走ったような気がしました。感動のあまり泣いてる女子もいました。ちなみにセンター試験の日は大雪でした。滝口先生、ボクらの年度の生徒はお気に召さなかったのでしょうか…？

そんな滝口先生ですが、風の便りによると、複数の女子生徒への度重なるセクハラで訴えられ、それが原因で予備校をクビになったそうです（僕は先生は冤罪だと信じています！）。

公園のベンチでコッペパンをかじっている滝口先生を見たという知り合いもいて、その話を聞いたときは、ちょっとせつなくなりました。

それにしても信長の生まれ変わりにしては、結末がお粗末では……？

そもそも信長の生まれ変わりだったら一予備校講師という枠にはおさまらないと思うのですが……というのが現在、夢のキャンパスライフを謳歌しているボクの目から見た客観的な感想である（先生、シニカルな視点でごめんなさい！）。

仲居のおしゃべりで減点

合格が決まった日、家族は大喜びでした。

祝日でもないのに日の丸を掲げたり、赤飯を近所に配ったりで、その加熱ぶりは恥ずかしいくらいでした。

祖母が近所の神社でお百度参りをしてくれていたことを告白した時、盛り上がりはピークに達しました。祖母は、お守りでボクの頭を撫でながら、

「松下幸之助のようになっておくれよ……」と言っておいおい泣きました。

そんな祖母の顔を見たら、さすがのボクも目からあふれ出る熱いものをせき止めることはできませんでした。

父から、一年間がんばったのだから、少しは羽を伸ばしても良いぞという許可が出たので、

合格記念旅行として、念願の京都に行ってまいりました。

宿泊した「ますや旅館」は、窓から見える景色もなかなかのものでした。料理も彩りがよく、魚料理も充実していて舌鼓を打ちました。しかし、いかんせん仲居がおしゃべりで、食事に集中することができませんでした。

「どこの大学に行くの？」

「偏差値はどのくらい？」

「彼女はいるの？」

などとしつこく聞かれ、せっかく幽玄な古都のムードに浸りきっていた気分は台無し！

でも、僕は胸を張って
「（天下の）たちばな生命大学です！」

「彼女はこれからつくります！　それもとびっきりのイイオンナを！」

と言い放ちました。

まったく、たちばなに受かったボクだからよかったものの、三流、四流大学にしか受からなかった人に同じ質問をしたとしたら、気の毒ですぜ。

あの仲居さん（たしか斉藤さんという苗字だった）には今後そのへんのことにも気を使ってほしいと思いました。仲居のおしゃべりで減点２。よって☆３つの評価とさせて頂きます。

予備校ライフを爆走せよ！

山梨平成学院大学合格！

▲柳原健太くん
（ニコライ学園高校卒）

爆走日本史で爆走せよ！

西進予備校の実力派講師陣はたしかにユニーク！　その点は僕も太鼓判を押しましょう。元暴走族のヘッド超ヤンキー先生こと山城大吾先生の「爆走日本史」も熱かったです!!

山城先生ご自慢のリーゼントは50㎝くらいあり、一番前に座っている生徒はそれがぶつかる時があるので、くれぐれも気をつけてください。ある時などは、勢いよく振り向いたヤンキー先生のリーゼントがぶつかって顎の骨を折った生徒もいました。

ま、そんなスラップスティックなハプニングが満載なところも爆走日本史の醍醐味なんですが……(^^;)

授業はやっぱり怖かったです！

うっかり居眠りをしてしまったAくんは、山城先生に殴る蹴るの暴行（愛のムチ）を受け、全治2週間の大怪我を負いました。でも1週間後、体中に包帯を巻いてあらわれた（ガッツがあるよね！）Aくんを山城先生は抱きしめて、

「俺はおまえのことが好きやから怒ったんやで!!」と言って涙を流したときは、教室に嗚咽の声がひびきました。Aくんもボロボロに泣いてました。さすがの僕もあのときは、目頭にこみ

あげてくる熱いものを止めることができなかったです。

吉田の乱

超ヤンキー先生の授業で起きたハプニングで一番印象に残っているのは、いまや伝説になっている通称「吉田の乱」です。

ある日の授業が終わった時に、高校時代ヤンキーで鳴らした吉田という生徒が、ガムをくちゃくちゃ噛みながら、

「先生の自伝読んだっすけど、俺のほうがぜんぜんっ悪いことしてるぜ。先生、ぶっちゃけぬるいっすよ」と言ってガム風船をふくらませて先生に喧嘩を売りました。

すると超ヤンキー先生はいきなり吉田の顔面にパンチをくらわせて、

「あのなー、俺はなー、本に書いてねえだけで、×××や×××だってやってたんだぞ！」と言い放ちました。×××はとてもここでは書けない内容なので、読者のみなさんのご想像におまかせします(^^;

しかし、吉田も負けてはいませんでした。

「俺の親戚に○○組の若頭がいるんだぞ！」と腫れた顔を撫でながら脅しをかけると、先生は「はぁ？　だから？？　俺はその○○組の組長と杯を交わした間柄じゃい!!」と応戦して、貫禄の違いを見せつけていました。

そのあとは、漫画みたいなとっくみあいで、椅子は壊れるわ、窓ガラスは割れるわで、もー大変でした。ここはビーバップハイスクールか?!　なんて思いました(^^;)

で、そのあとどうなったかって？

騒ぎを聞きつけてやってきた元アマレスのチャンピオンで現代文の浜田先生が止めに入って、２人を即効で締め落として、一件落着。

「なーんだ超ヤンキー先生って意外と弱いんじゃん！　ボブサップにも勝てるって言ってたクセに……」

なんて言って次の日の教室はその話題でもちきりでした。それもいまとなっては良い思い出です。

秘密のイメージトレーニング術

僕が受験を制した理由のひとつに、イメージトレーニングがあったと思います。

滝口（第六天魔王）秀則先生の「秘密のイメージトレーニング受験術」という特別講義で指南されたアドバイスに従ってイメージトレーニングに励みました。

それは自分が東大生だと思い込むというトレーニングでした。毎日用もないのに東大の構内をうろついたり、すべてのノートに「東京大学1年　柳原健太」と書いたり、それはもう徹底的にやりました。

ある日は、みみず腫れのように額にイチョウの校章が浮かんでいた時もあったそうです。ここまでくるとオカルトですよね(^^;

うっかりその癖で模試の答案に（東京大学法学部1年）と書いてしまった時は、「みんなの憧れの先輩が紛れ込んでるぞ～」と試験監督に答案をひらひらさせられて、赤っ恥をかいてしまいましたが……。

みんなも気をつけよう！

浪人ゾンビに気をつけろ！

2浪、3浪と浪人を続けていくと、無駄にプライドだけが高くなっていきます。

だから東大しかありえない！　という気持ちになって、すべり止めを受けない人なんかも出てきます。でもこれは、はっきりいって危険です。僕は惜しくも東大には入れませんでしたが(センター試験で、おそらく1点差で)、滑り止めを受けていたのは不幸中の幸いでした。滑り止めを受けないと4浪、5浪、と浪人を続けていき、ついには廃人になってしまう人を何人か見てきました。

喫茶店「のアール」にたむろしている4浪、5浪の先輩たちに報告しにいくと、

「山梨平成学院大学?! 聞いたこともねぇぞ。3浪までして、予備校に遊びにきたのかよ? 志は高く持とうぜ」などとバカにされ、正直、4浪しようかと思いましたが、「どうせやっかみだろ?」と思い、足を引っ張ろうとする浪人ゾンビたちの声には耳を塞ぎました。

え? 山梨平成学院大学の卒業生で成功した人はいるの? ですって?

その質問はナッシングでしょう。

だってまだ開校してから2年しか経っていないんですもの……。でもそんな余計な心配はしなくて良さそうです。だってこうしていま、僕が西進予備校の合格体験談にサクセスストーリーを執筆しているのですから……。

~THE END~

スペシャルサンクス

山城大吾先生、滝口(第六天魔王)秀則先生、いつもおいしいラーメンをつくってくれたラーメン「イグマ」の店長、チューターのみなさん、液晶画面の中からいつもボクを応援してくれたまゆゆ(AKB48)、自習室受付のキレイなお姉さん(実は……恋してました)

and……you!

あとがき

本書は、『念力姫』以来十五年ぶりとなる人生で二冊目のバラエティ作品集です。収録した短歌は、主に二〇一五年の第四歌集『念力ろまん』以降の作品二五〇首を収めました。エッセイは、二〇一九年一月から六月にかけて日本経済新聞で連載していた「プロムナード」や角川「短歌」、「短歌研究」などに発表したものからセレクトしました。そのほか、ひそかに書き溜めていた合格体験記パロディも、思いきって掲載しました。

バラエティといえば聞こえはよいのですが、笹公人の中にあるものを様々料理してお届けする「レストラン」仕立ての一冊に仕上げたつもりです。コロナ疲れが吹き飛ぶような楽しい本になっていれば幸いです。

具体的なメニューと料理（作品）については、序文に登場したレストランのなぞの「シェフ」に譲りたいと思います。

単行本としては、二〇一七年の『ハナモゲラ和歌の誘惑』以来となります。あれから三年が経ちますが、その間に自分にとって、大きな別れがふたつありました。

ひとつは、師であり父のように慕っていたイラストレーター・グラフィックデザイナー・

映画監督の和田誠さんのご逝去です。

和田さんとの交流は、第一歌集『念力家族』を出版した二〇〇三年以来十六年間にわたるものでした。和田さんとは、親子ほどの年の差がありましたが、不思議と趣味や気が合い（和田さんが合わせてくださったところも大きいのですが）、あまり年の差を感じない楽しいお付き合いをさせて頂きました。巨匠だというのに、少しも偉ぶったところがなく、謙虚で、優しく、それでいて仕事に関しては一切妥協をせず、万事において曲がったことを嫌うお人柄を心から尊敬していました。

和田さんからは、クリエイターとしての志や仕事に対する考え方、生き方など、人生において大切なことをたくさん学ばせて頂きました。

そんな和田さんと、『連句遊戯』『連句日和』という二冊の連句の共著を持たせて頂いたことは生涯の光栄です。

和田さんと最後に交わした会話は、
笹「また歌仙を巻きましょう！」

和田「おっ、いいね。やろう！」

というものでした。その約束は果たせませんでしたが、和田さんと連句を巻くのは、死後の世界でのお楽しみにしたいと思います。

そして、もうひとつの別れは、私を創作の道に導いてくださり、やはり師であり、父のように慕っていた大林宣彦監督のご逝去です。

大林映画との運命的な出合いや監督の作品「その日のまえに」に出演させて頂いたときの話は、本書に収録した「時をかける大林監督」に譲ります。

監督が亡くなり、心にぽっかりと穴が空き、しばらくボーッと過ごしていましたが、その間、自分は、なぜこれほどまでに大林映画に魅了され続けているのだろうか、また、監督の作品を一目見ただけで「大林映画だ」とわかるのはなぜだろうかと考え続けていました。

そんなある日、何百回目かで「転校生」を鑑賞しました。

尾道を舞台にした名作の中で、監督は観光絵葉書になるような景色は撮らず、路地裏、坂道、石段、崩れかけた土塀、ひび割れた屋根瓦のある風景、そういうものだけを撮っています。試写を観た尾道の市民は、「こんなものを観たんじゃ観光客の足はますます遠のいてしまう」と怒ったそうですが、心配とは裏腹に、上映から四十年近くたったいまでも、この映画を観てやってくる人々が後を絶ちません。

「絵葉書のような風景ではなく、ふるさと固有の気配や雰囲気を撮ったので、観た人はそのぬくもりを味わいたくてロケ地を訪れるのでしょう」

と監督はいつか語っていました。

映画には目に見えないものも映りこむのでしょう。大林映画の、あのたまらなくやさしく、なつかしい世界は、フィルムに映りこんだ監督の心そのものだったのだと、いまさらながらに感じたのでした。

本書に収録した短歌連作「A　MOVIE」は、そんな大林映画と大林監督に捧げるオマージュ短歌です。

自分が少年時代に憧れたヒーローや師匠と呼ぶべき方々が亡くなるような年齢に突入したことを、不思議な感覚とともに思い知らされます。

また、今回、尊敬申し上げる先輩歌人の俵万智さんと穂村弘さんから素敵な帯文を頂けたことも望外の喜びです。

俵さんとは「牧水・短歌甲子園」の審査員として、毎年八月に、宮崎県日向市でご一緒させて頂いています。

宮崎滞在中は、俵さんと、歌人の伊藤一彦先生、大口玲子さん、関係者のみなさんと地元のおいしい焼酎を飲みながら盛り上がるのですが、それが楽しみで日々の仕事をがんばっているところがあります。

俵さんとは、和田誠さん、矢吹申彦さんとの連句の共著『連句日和』（自由国民社）もありますので、そちらもぜひ手にとって頂ければ幸いです。今回、俵万智さん作品のパスティーシュ「冬のモアイ」と自分の作品を読み比べてみて、あらためて自分は、かつて夢中になって読んだ『サラダ記念日』からいろいろな影響を受けていることを感じました。

穂村弘さんには、『念力家族』の作品批評会（二〇〇三年）でパネリストを務めて頂いて以来、何かとお世話になっています。

だいぶ後になって、現代歌人協会の公開講座係として三年間ご一緒したのですが、その間、穂村さんの優しさに幾度も助けられました。

穂村さんの短歌やエッセイ、トークからもいつも大きな刺激を頂いています。お二人をはじめとする素晴らしい先輩方に恵まれたからこそ、楽しく短歌を続けられてきたのだと思い、感謝の念をあらたにする日々です。

装画は、漫画家の森泉岳士さんにお願いしました。森泉さんとは、長いお付き合いになりますが、仕事でご一緒するのは今回で三回目となります。今回もイメージにぴったりの素敵な装画を描いてくださり、ありがとうございました。大林監督に捧げる本書を大林監督の義理の息子でもある森泉さんに描いて頂けて幸せです。監督もきっと喜んでくださっていると思います。

そして、洒脱なデザインに仕上げて下さった駒井和彬さん、鋭いセンスでぐいぐい引っ張ってくださった担当編集の浦山優太さん、いつも支えてくれる畏友の濱本宣彦さん、佐東みどりさんに心から御礼申し上げます。

この本の発売直前の七月十日に、短歌の師匠岡井隆先生がお亡くなりになりました。心からご冥福をお祈りいたします。筆舌に尽くしがたい思いは、他のところで書いていきたいと思います。

重版を機に、「わが師・岡井隆」に、ツーショット写真と、先生から頂いた色紙を入れました。立て続けに三人の師が逝ってしまい、大きな喪失感に見舞われています。

本書を和田誠さん、大林宣彦監督、岡井隆先生に捧げたいと思います。

本書の刊行に当たり、ご協力くださったみなさま、そして、この念力レストランに「入店」してくださったみなさまに感謝の念を捧げます。

二〇二〇年九月

笹　公人

初出一覧

Ⅰ

Ⅲ

誤読の効能……日本経済新聞 夕刊「プロムナード」2019年5月22日
わが師・岡井隆……日本経済新聞 夕刊「プロムナード」2019年5月8日
ぐろうばる短歌……「短歌」2020年4月号 角川文化振興財団
ハナモゲラの逆襲……日本経済新聞 夕刊「プロムナード」2019年6月19日
アナグラムの不思議……日本経済新聞「文化」2020年4月4日
短歌は音楽だ……「短歌研究」2016年7月号 短歌研究社
HOSONOゾーン……日本経済新聞 夕刊「プロムナード」2019年3月6日
時をかける大林監督……日本経済新聞 夕刊「プロムナード」2019年6月26日
可児才蔵に導かれ……日本経済新聞 夕刊「プロムナード」2019年1月30日

Ⅲ

常盤光太のドタバタ合格風雲録……［初出］
魔王がいた教室……［初出］
予備校ライフを爆走せよ！……［初出］

笹 公人（ささ・きみひと）

一九七五年東京都生まれ。「未来」選者。「牧水・短歌甲子園」審査員。現代歌人協会理事。大正大学客員准教授。歌集『念力家族』（NHKEテレにて連続ドラマ化）『念力図鑑』『抒情の奇妙な冒険』『念力ろまん』、バラエティ作品集『念力姫』、エッセイ集『ハナモゲラ和歌の誘惑』、絵本『ヘンなあさ』（絵・本秀康）、『遊星ハグルマ装置』（朱川湊人との共著）、『連句遊戯』（和田誠との共著）、『連句日和』（和田誠・俵万智・矢吹申彦との共著）など。

念力《ねんりき》レストラン

二〇二〇年七月二十九日　初版第一刷発行
二〇二〇年九月三十日　第二版第一刷発行

著者　笹 公人
発行者　伊藤良則
発行所　株式会社 春陽堂書店
〒一〇四-〇〇六一
東京都中央区銀座三-一〇-九　KEC銀座ビル
電話　〇三-六二六四-〇八五五（代表）
https://www.shunyodo.co.jp

デザイン　駒井和彬（こまゐ図考室）
印刷・製本　惠友印刷株式会社
編集担当　浦山優太

本書へのご感想は、contact@shunyodo.co.jp にお寄せください。

ISBN 978-4-394-99004-8　C0092